太魯閣語教材

Patas Ttgsa kari Truku

太魯閣語學前教材

Patas Slhayan Kari Truku Tgsa

Laqi Bilaq Nyusan Mkklbiyun

Qlhangan Skangki

Bnkgan Rwahan
目錄

3

Kari Dmsalu
壹、 編輯說明

一、 本教材為因應九年一貫中小學課程， 適應於鄉土教材母語學習領域中。 從幼教基礎初學母語之基本聽、 說及認字， 並以教師帶動學童之學前教材， 從小小心靈裡， 紮根學習自己母語。

二、 本教材係以日常生活的短句， 來引導幼童以帶動活用， 並以兒歌配合教材的基本訓練。

三、 本教材參考都市現行幼兒學前教材， 並視本鄉幼兒學習及吸收能力， 以便平衡城鄉程度差異。

四、 本教材共編六課， 每課單句均附不同顏色插圖， 使學童易以了解。 每課除以單元之外， 教師可依單元編教具及講述故事， 以引起學習動機。

五、 請教師應作好每單元所需教具， 或揭示板。 並常以母語會話、 溝通， 在活動中與學童打成一片。 本教材每單元均以活動、 活用、 趣味化三合併用教學。

Bnkgan Pusu Patas Kari Truku
貳、 太魯閣語字母表

羅馬字母寫法

編號	印刷體		書寫體		編號	印刷體		書寫體	
	大寫字	小寫字	大寫字	小寫字		大寫字	小寫字	大寫字	小寫字
01	A	a	A	a	16	Q	q	Q	q
02	B	b	B	b	17	R	r	R	r
03	C	c	C	c	18	S	s	S	s
04	D	d	D	d	19	T	t	T	t
05	E	e	E	e	20	U	u	U	u
06	G	g	G	g	21	W	w	W	w
07	H	h	H	h	22	X	x	X	x
08	I	i	I	i	23	Y	y	Y	y
09	J	j	J	j	24	AW	aw	AW	aw
10	K	k	K	k	25	OW	ow	OW	ow
11	L	l	L	l	26	AY	ay	AY	ay
12	M	m	M	m	27	EY	ey	EY	ey
13	N	n	N	n	28	UY	uy	UY	uy
14	O	o	O	o	29	NG	ng	NG	ng
15	P	p	P	p					

註：無 F.V.Z 但在外來字詞上會用到增 AW.OW.AY.EY.UY.NG；L.Q.X 發音特殊。

Slhayan Matas Pusu Kari Truku

參、 字ㄗˇ母ㄇˇ寫ㄒㄧㄝˇ法ㄈˇ練ㄌㄧˋ習ㄒㄧˊ

Ppatas Pusu Patas 字ㄗˇ母ㄇˇ寫ㄒㄧㄝˇ法ㄈˇ

Patas Paru 大ㄉˋㄚ寫ㄒㄧㄝˇ字ㄗˇ母ㄇˇ

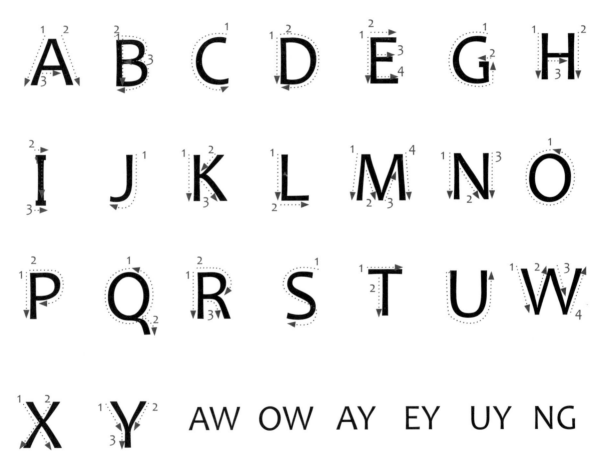

A B C D E G H

I J K L M N O

P Q R S T U W

X Y AW OW AY EY UY NG

Slhayan Matas Pusu Kari Truku

參、 字母寫法練習

Ppatas Pusu Patas 字母寫法

Patas Bilaq 小寫字母

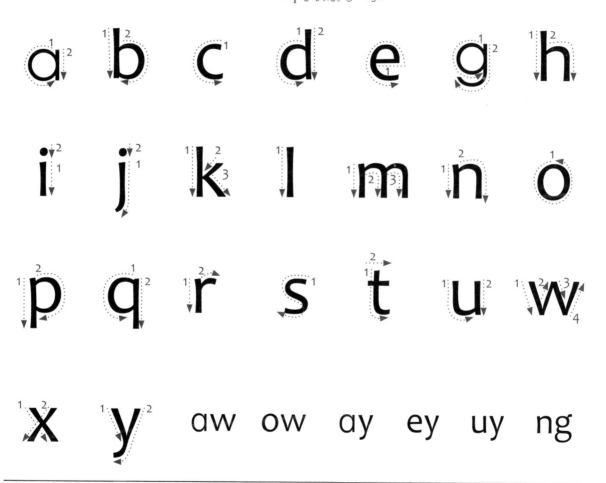

a b c d e g h

i j k l m n o

p q r s t u w

x y aw ow ay ey uy ng

Uyas Patas "ABC"

字ㄗˋ母ㄇㄨˇ歌ㄍㄜ

bE 4/4

Pusu Patas Hnang Kari Truku

肆ㄙˋ 太ㄊㄞˋ魯ㄌㄨˇ閣ㄍㄜˊ語ㄩˇ發ㄈㄚ音ㄧㄣ表ㄅㄠˇ

1.Kndaxan Hnang 子ㄗˇ音ㄧㄣ

Ppyahan hnang 發音部位 / Ppyahan 發音方式	pdahung 雙唇	kurang gupun 齒齦	sapa hma 舌葉	tqring hma 舌尖	kurang 硬顎	psaqux 舌根	psaqux 會厭	glu 咽頭	
Hnang thtur tgleexan 塞音（清）	p	t				k	q		
Hnang thtur tghmuk 塞音（濁）	b	d				g			
Hnang thtur tksrus tgleexan 塞擦音（清）				c					
Hnang tksrus tglexan 擦音（清）			s						
Hnang hngak 氣音						x		h	
Hnang thtur tksrus tghmuk 濁塞擦音			j						
Hnang muhing 鼻音	m	n				ng			
Hnang siyan hma 舌邊音					l				

9

Ppyahan hnang 發音部位 〰 Ppyahan 發音方式	Pdahug 雙唇	Kurang gupun 齒齦	Sapa hma 舌葉	Tqring hma 舌尖	Kurang 硬顎	Psaqux 舌根	Psaqux 會厭	Glu 咽頭
Hnang snga 隙音					r			
Smka pusu huang Hnahg psdhirq 半元音（滑音）			y			s		

2.Pusu Hnang 母音

羅馬拼音	a	e	i	o	u

3.Pnspuuan Hnang 結合音

羅馬拼音	aw	ay	ey	ow	uy

Phnang Pusu Kari
伍、母語發音器官

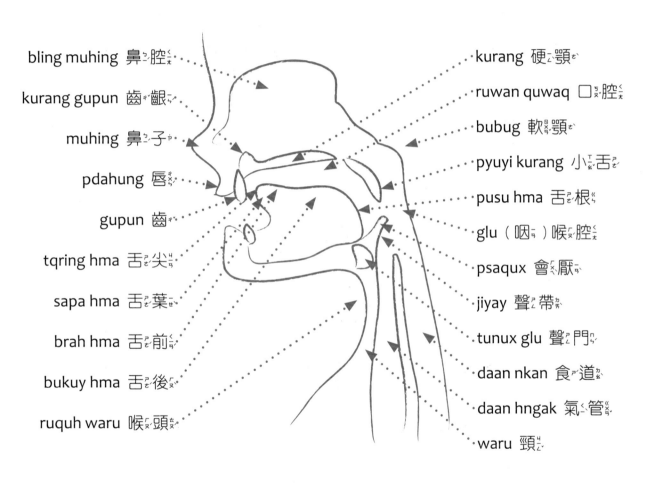

bling muhing 鼻腔

kurang gupun 齒齦

muhing 鼻子

pdahung 唇

gupun 齒

tqring hma 舌尖

sapa hma 舌葉

brah hma 舌前

bukuy hma 舌後

ruquh waru 喉頭

kurang 硬顎

ruwan quwaq 口腔

bubug 軟顎

pyuyi kurang 小舌

pusu hma 舌根

glu（咽）喉腔

psaqux 會厭

jiyay 聲帶

tunux glu 聲門

daan nkan 食道

daan hngak 氣管

waru 頸

Ruwan Patas

陸ㄌㄨˋ、　課ㄎㄜˋ文ㄨㄣˊ內ㄋㄟˋ容ㄖㄨㄥˊ

12

Slhayan tgkingal : Embiyax su hug ?
第一課： 你好嗎？

 Kari Slhayan 課文

Embiyax su hug ?Laqi empatas.	你好嗎？ 學生。
Embiyax ku bi.	我很好。
Mhuway su balay.	謝謝。
Labi : mowsa su inu hug ?	拉比：你要去哪裡？
Mowna : mowsa ku sapah da.	莫那：我正要回家。
Swayay ta han.	再見。
Swayay ta da.	再見。

 Kari Bgurah 生字

emptgsa	老師	isu	你
mowsa	要去	yaku	我
laqi empatas	學生	balay	非常； 很
inu	哪裡	mhuway	慷慨
embiyax	健康； 力量	Labi	拉比（人名）
sapah	回家	Mowna	莫那（人名）

13

Embiyax su hug？你好嗎？

F4/4

| 1 | 2 | 3 | 1 | 1 | 2 | 3 | 1 |
Embi- yax   su   hug？   Embi- yax   su   hug？

| 3 | 4 | 5 | – | 3 | 4 | 5 – |
Embi- yax   ku！   Embi- ya   ku！

| 5̂6 | 5̂4 | 3 | 1 | 5̂6 | 5̂4 | 3 | 1 |
Mow-sa   su   i- nu hug？   Mow-sa ku   sa- pah da？

| 1 | 5̣ | 1 | – | 1 | 5̣ | 1 – |
swa   -yay   ta da！   swa-   yay   ta da！

詞意：
你好嗎？ 你好嗎？
我很好！ 我很好！
你要去哪裡呀？ 你要去哪裡呀？
我要回家！ 我要回家！

Slhayan Tgdha : Ima ka yaku ?
第二課： 我是誰

 Kari Slhayan 課文

Awi ka hangan mu。　　　　　我叫 A wi。
Rubiq ka hiya。　　　　　　她叫 Rubiq。
Mqaras nami kana 。　　　　大家相處很和藹。
Mqaras nami mseupu matas ha。一起讀書很快樂。

 Kari Bgurah　生字

ima	誰
yaku	我
isu	你
hiya	他 / 她
manu	什麼
hangan	名字

Ima ka yaku? 我是誰？

F 4/4

| 1 1   3 21 61 | 1 — — — — |
I-ma   ka ha -ngan   su ?

| 5 5   i 65 35 | 5 — — — — |
I-ma   ka ha -ngan   su ?

| 5 5   i 6 5 | 3 3   2 1 6 |
Ya-ku   o A-wi,   Ru-biq ka hi-ya,

| 1 1 3 21 61 | 1 — — — — |
M-qa ras na-mi ma-tas   ha.

詞意：
你叫什麼名字？
你叫什麼名字？
我的名字叫 a-wi，
他的名字叫 rubiq，
一起讀書很快樂。

16

Slhayan tgtru : Hiyi Qbubur
第三課： 身體

Kari Slhayan 課文

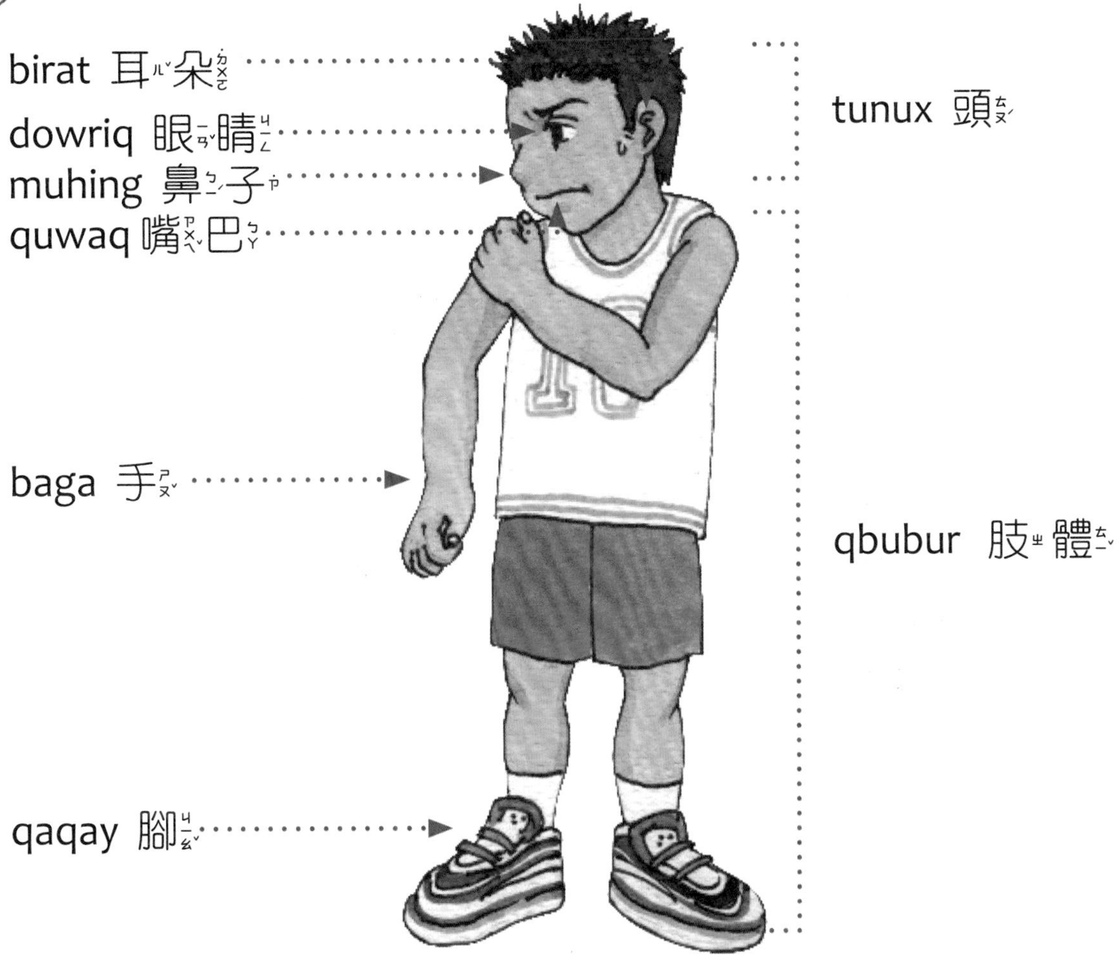
birat 耳朵
dowriq 眼睛
muhing 鼻子
quwaq 嘴巴
baga 手
qaqay 腳
tunux 頭
qbubur 肢體

 Kari Bgurah 生ㄕㄥ字ㄗˋ

qbubur　肢ㄓ體ㄊㄧˇ

muhing　鼻ㄅㄧˊ子ㄗˇ

tunux　頭ㄊㄡˊ

birat　耳ㄦˇ朵ㄉㄨㄛˇ

dowriq　眼ㄧㄢˇ睛ㄐㄧㄥ

qaqay　腳ㄐㄧㄠˇ

quwaq　嘴ㄗㄨㄟˇ巴ㄅㄚ

kingal　一ㄧˊ個ㄍㄜˋ

baga　手ㄕㄡˇ

dha　兩ㄌㄧㄤˇ個ㄍㄜˋ

18

F 4/4

| 3   3 2   1   1 | 2   2 4   3 2   1 |
D- ha bi- rat, d- ha dow-riq,

| 5   5 4   3   3 | 2 1   2   3   1 — |
ki- ngal mu-hing, ki- ngal qu-waq.

| 3   3 4   5   5 | 6 6   5 4   3 |
Ki- ngal tu- nux, d- ha ba- ga,

| 3   3 4   5   5 | 6 6   5   —— |
d- ha qa- qay m -k- sa.

| 3   3 2   1   1 | 2   2 4   3 2   1 |
Ta- paq ba- ga, ta- paq ba- ga,

| 5   5 4   3   3 | 2 1   2   3   1 — ‖
ku- wak tu nux, ku-wak tu- nux.

詞意：
耳朵兩個， 眼睛兩個，
鼻子一個， 嘴巴又一個。
頭有一個， 手有兩隻，
腳有兩隻， 會走路。
拍拍肩膀， 拍拍肩膀，
搖搖頭， 搖搖頭。

 Slhayan duri 複ㄈㄨˋ習ㄒㄧˊ

tunux	頭ㄊㄡˊ
dowriq	眼ㄧㄢˇ 睛ㄐㄧㄥ
baga	手ㄕㄡˇ
qaqay	腳ㄐㄧㄠˇ
birat	耳ㄦˇ 朵ㄉㄨㄛˇ
quwaq	嘴ㄗㄨㄟˇ 巴ㄅㄚ
muhing	鼻ㄅㄧˊ 子ㄗˇ
qbubur	肢ㄓ 體ㄊㄧˇ

Slhayan tgspat : Sapah mu
第四課： 我的家

 Kari Slhayan　課文

tama 爸爸	bubu 媽媽
swayi mu snaw 弟弟	yaku 我
sapah 家	payi 奶奶
baki 爺爺	

Kari Bgurah 生字

sapah　　　　　　　家

swayi mu snaw　　　弟弟

yaku　　　　　　　我

swayi mu kuyuh　　妹妹

bubu　　　　　　　媽媽

rudan　　　　　　　長輩

tama　　　　　　　爸爸

mqaras　　　　　　快樂

baki　　　　　　　爺爺

msblaiq　　　　　　幸福

payi　　　　　　　奶奶

ruwan　　　　　　裡面

qbsuran mu snaw　兄（哥哥）

qbsuran mu kuyuh 姐姐

Sapah mu 我ˇ的ˇ家ˇ

F 2/4

| 5· 6 | 5 4 | 3 4 | 5 — |
Ni- qan ba- ki sa- pah mu,

| 2 5 | 4 — | 3 4 | 5 — |
pa- y i ni ta- ma mu.

| 5· 6 | 5 4 | 3 4 | 5 — |
Ni- qan bu- bu sa- pah mu,

| 2 — | 5 — | 3 1 ‖
mqa- ras ka- na.

詞ˇ意ˋ：
我ˇ的ˇ家ˇ有ˇ爺ˊ爺ˋ、 奶ˇ奶ˇ、 爸ˋ爸ˋ。
我ˇ的ˇ家ˇ有ˇ媽ˇ媽， 大ˋ家ˇ都ˇ很ˇ幸ˋ福ˊ。

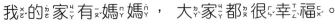

 Slhayan duri 複ㄈㄨˋ習ㄒㄧˊ

payi	奶ㄋㄞˇ奶ㄋㄞˇ
baki	爺ㄧㄝˊ爺ㄧㄝˊ
bubu	媽ㄇㄚ媽ㄇㄚˇ
tama	爸ㄅㄚˋ爸ㄅㄚˋ
qbsuran mu kuyuh	姐ㄐㄧㄝˇ姐ㄐㄧㄝˇ
qbsuran mu snaw	哥ㄍㄜ哥ㄍㄜ
Sapah mu	我ㄨㄛˇ的ㄉㄜ家ㄐㄧㄚ

Slhayan tgrima : uqun ni lukus
第五課： 食與衣

Kari Slhayan 課文

mkan nhapuy 吃飯

mlukus lukus 穿衣服

waray 麵 ⋯⋯⋯⋯⋯

bawa 麵包

pajiq 蔬菜 ⋯⋯⋯

idaw 米飯 ⋯⋯⋯⋯

pratu 碗 ⋯⋯⋯

quway 筷子 ⋯⋯⋯

qbubu 帽子

ribul 褲子

qaqay 腳

lubuy qaqay
襪子

ramil qraqil
鞋子

Kari Bgurah　生ㄥˊ字ㄗˋ

pratu	碗ㄨㄢˇ	waray	麵ㄇㄧㄢˋ
mlukus	穿ㄔㄨㄢ	ramil qraqil	鞋ㄒㄧㄝˊ子ㄗˋ
quway	筷ㄎㄨㄞˋ子ㄗˋ	mkan nhapuy	吃ㄔ飯ㄈㄢˋ
lukus	衣-服ㄈㄨˊ	lubuy qaqay	襪ㄨˋ子ㄗˋ
pajiq	蔬ㄕㄨ菜ㄘㄞˋ		
qbubu	帽ㄇㄠˋ子ㄗˋ		
idaw	米ㄇㄧˇ飯ㄈㄢˋ		
ribul	褲ㄎㄨˋ子ㄗˋ		

 uqun ni lukus 食ˊ 與ˇ 衣-

C 2/4

| 5　　3 | 3　　3 | 5　　3 | 3　　3 |
I- yah　ka- na,　 i- yah　ka- na,

| 5　　6 | 5　　3 | 4　　2 | 2　　— |
su- pu　ta　 m – kan　nha -puy.

| 4　　2 | 2　　2 | 4　　2 | 2　　2 |
Mlu -kus lu- kus, mlu–kus　lu- kus,

| 4　　5 | 4　　2 | 3　　1 | 1　　— ‖
mqa - ras ta - bi　m–kang　ha.

詞ˊ意-：
大ㄚˋ家ㄐㄧㄚ一-齊ㄑㄧˊ來ㄌㄞˊ，大ㄚˋ家ㄐㄧㄚ一-齊ㄑㄧˊ來ㄌㄞˊ，
我ㄨˇ們ㄇㄣ˙一-齊ㄑㄧˊ來ㄌㄞˊ吃ㄔ飯ㄈㄢˋ。
穿ㄔㄨㄢ上ㄕㄤˋ衣-服ㄈㄨˊ， 穿ㄔㄨㄢ上ㄕㄤˋ衣-服ㄈㄨˊ，
快ㄎㄨㄞˋ樂ㄌㄜˋ的ㄉㄜ˙吃ㄔ飯ㄈㄢˋ。

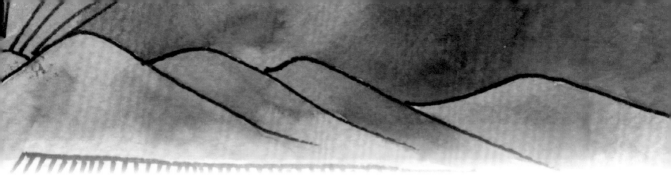

 Rngagi binaw　說ㄕㄨㄛ說ㄕㄨㄛ看ㄎㄢ

balung	蛋ㄉㄢ
idaw	米ㄇㄧ飯ㄈㄢ
baga	手ㄕㄡ
mkramil	穿ㄔㄨㄢ鞋ㄒㄧㄝ
beyluh	豆ㄉㄡ
lukus	衣ㄧ服ㄈㄨ
lubuy qaqay	襪ㄨㄚ子ㄗ
pajiq	蔬ㄕㄨ菜ㄘㄞ
qbubu	帽ㄇㄠ子ㄗ

Slhayan tgmataru : Psspug

第_{ㄉ一}六_{ㄌㄡ}課_{ㄎㄜ}： 數_{ㄕㄨ}一-數_{ㄕㄨ}

 Kari Bgurah 生_{ㄕㄥ}字_ㄗ

1	kingal	一_一	**7**	empitu	七_{ㄑ一}
2	dha	二_ㄦ	**8**	maspat	八_{ㄅㄚ}
3	tru	三_{ㄙㄢ}	**9**	mngari	九_{ㄐ一ㄡ}
4	spat	四_ㄙ	**10**	maxal	十_ㄕ
5	rima	五_ㄨ		laqi	小_{ㄒ一ㄠ}孩_{ㄏㄞ}
6	mataru	六_{ㄌㄡ}			

Uyas psspug 數ㄕㄨˇ一一數ㄕㄨˇ

C 2/4

| 1 1 1 1 | 3 5 3 1 |
ki- ngal d- ha t- ru la- qi,

| 2 2 2 2 | 7 2 7 5 |
s- pat ri- ma mata-ru la- qi,

| 1 1 1 1 1 1 | 3 3 5 3 1 |
em-pi- tu ma -s- pat m-nga- ri la qi,

| 5 4 3 2 | 1 —————— ‖
ma - xal ka la- qi.

詞ㄘˊ意ㄧˋ：
一一個ㄍㄜˋ兩ㄌㄧㄤˇ個ㄍㄜˋ三ㄙㄢ個ㄍㄜˋ小ㄒㄧㄠˇ孩ㄏㄞˊ，
四ㄙˋ個ㄍㄜˋ五ㄨˇ個ㄍㄜˋ六ㄌㄧㄡˋ個ㄍㄜˋ小ㄒㄧㄠˇ孩ㄏㄞˊ，
七ㄑㄧ個ㄍㄜˋ八ㄅㄚ個ㄍㄜˋ九ㄐㄧㄡˇ個ㄍㄜˋ小ㄒㄧㄠˇ孩ㄏㄞˊ，
十ㄕˊ個ㄍㄜˋ小ㄒㄧㄠˇ孩ㄏㄞˊ。

30

童盟國05　PD0012

新銳文創
INDEPEDENT & UNIQUE
太魯閣語教材

策劃單位	教育部電子計算機中心
執行單位	花蓮縣數位機會中心、加灣數位機會中心
企　　畫	黃文樞、須文蔚
統　　籌	田掬芬
主　　編	吳貞育、陳啟民
編輯委員	田信賜、湯愛玉、楊盛涂
插　　畫	李采容
責任編輯	林千惠
圖文排版	蔡瑋中
封面設計	王嵩賀
語音錄製	金清山、涂蕙雯
動畫設計	木田工廠

製作發行	秀威資訊科技股份有限公司
	114 台北市內湖區瑞光路76巷65號1樓
	電話：+886-2-2796-3638　傳真：+886-2-2796-1377
	服務信箱：service@showwe.com.tw
	http://www.showwe.com.tw
郵政劃撥	19563868　戶名：秀威資訊科技股份有限公司
展售門市	國家書店【松江門市】
	104 台北市中山區松江路209號1樓
	電話：+886-2-2518-0207　傳真：+886-2-2518-0778
網路訂購	秀威網路書店：http://www.bodbooks.com.tw
	國家網路書店：http://www.govbooks.com.tw
法律顧問	毛國樑　律師
圖書經銷	貿騰發賣股份有限公司
	235 新北市中和區中正路880號14樓
	電話：+886-2-8227-5988　傳真：+886-2-8227-5989

出版日期	2011年11月　初版
定　　價	220元

讀者回函卡

感謝您購買本書,為提升服務品質,請填妥以下資料,將讀者回函卡直接寄回或傳真本公司,收到您的寶貴意見後,我們會收藏記錄及檢討,謝謝!

如您需要了解本公司最新出版書目、購書優惠或企劃活動,歡迎您上網查詢或下載相關資料:

http:// www.showwe.com.tw

您購買的書名:＿＿＿＿＿＿＿＿＿＿＿＿＿＿＿＿＿＿＿＿＿＿＿＿＿＿＿＿＿＿＿

出生日期:＿＿＿＿＿＿年＿＿＿＿＿＿月＿＿＿＿＿＿日

學歷:□高中 (含) 以下　　□大專　　□研究所 (含) 以上

職業:□製造業　□金融業　□資訊業　□軍警　□傳播業　□自由業　□服務業　□公務員　□教職
　　　□學生　□家管　□其它＿＿＿＿＿＿＿＿＿＿＿＿＿＿＿＿＿＿

購書地點:□網路書店　□實體書店　□書展　□郵購　□贈閱　□其他

您從何得知本書的消息?

　□網路書店　□實體書店　□網路搜尋　□電子報　□書訊　□雜誌　□傳播媒體　□親友推薦
　□網站推薦　□部落格　□其他＿＿＿＿＿＿＿＿＿＿＿＿＿＿＿＿＿＿

您對本書的評價:(請填代號　1.非常滿意　2.滿意　3.尚可　4.再改進)

　封面設計＿＿＿＿＿　版面編排＿＿＿＿＿　內容　＿＿＿＿＿　文/譯筆＿＿＿＿＿　價格＿＿＿＿＿

讀完書後您覺得:

　□很有收穫　□有收穫　□收穫不多　□沒收穫

對我們的建議:＿＿＿＿＿＿＿＿＿＿＿＿＿＿＿＿＿＿＿＿＿＿＿＿＿＿＿＿＿＿

＿＿

＿＿

11466
台北市內湖區瑞光路 76 巷 65 號 1 樓

秀威資訊科技股份有限公司　　收
BOD 數位出版事業部

....

（請沿線對折寄回，謝謝！）

姓　　名：＿＿＿＿＿＿＿＿＿＿　年齡：＿＿＿＿　性別：□女　□男

郵遞區號：□□□□□

地　　址：＿＿＿＿＿＿＿＿＿＿＿＿＿＿＿＿＿＿

聯絡電話：(日)＿＿＿＿＿＿＿＿＿＿　(夜)＿＿＿＿＿＿＿＿＿＿

E-mail：＿＿＿＿＿＿＿＿＿＿＿＿＿＿＿＿